지은이 **백승우**

서울 출생으로 인하대학교 행정학과를 졸업하였고,
현재 (재)서울문화재단에서 근무하고 있다.
〈小昇峰島에서〉 외 1편으로『第20回 仁荷文化賞』을 수상한 바 있으며,
시집으로 《내가 누군가를 필요로 할 때》(1996),
《나는 그대 앞에서도 그대의 뒷모습을 바라본다》(1997),
《Love is...》(2000), 《아름다운 사랑느낌》(2005),
《러브레터》(2005) 등이 있다.

http://blog.naver.com/mdream0412
E-mail : mdream0412@naver.com

사람이 사람을
그리워한다는 것은

사람이 사람을
그리워한다는 것은

초판 1쇄 인쇄일 _ 2008년 10월 24일
초판 1쇄 발행일 _ 2008년 10월 30일

지은이 _ 백승우
펴낸이 _ 최길주

펴낸곳 _ 도서출판 BG북갤러리
등록일자 _ 2003년 11월 5일(제318-2003-00130호)
주소 _ 서울시 영등포구 여의도동 14-5 아크로폴리스 406호
전화 _ 02)761-7005(代) | 팩스 _ 02)761-7995
홈페이지 _ http://www.bookgallery.co.kr
E-mail _ cgjpower@yahoo.co.kr

디자인 Design Group All(02-776-9862)

ⓒ 백승우, 2008

값 9,000원

* 저자와 협의에 의해 인지는 생략합니다.
* 잘못된 책은 바꾸어 드립니다.

ISBN 978-89-91177-65-9 03810

사람이 사람을
그리워한다는 것은

| 백승우 지음 |

B:G 북갤러리

심폐소생술이다.

잠들었던 꿈, 이제 그만 그 숨을 멈춰버리려 했던 꿈에 대한...

가볍고 가여웠다. 뜨거운 혁명도 차가운 비판도 없는 졸음 겨운 날을 견디며, '원래 너의 꿈이 샐러리맨이었니?' 라는 물음에 함부로 답을 하지 못한 채 삶에서 한 며칠쯤이 달아난대도 깨닫지 못할 것 같은 날들이었다. 너무 아플 것도, 그리 찬란할 것도 없는 가볍고도 가여운 날들이었다.

하지만 나는 안다. 청춘의 한낮, 남들과 다른 빛깔로 숨 쉬는 것이 끝끝내 지켜내야 할 어떤 의무처럼 느껴졌듯이 이제는 평범하게 살아남는 일조차 지상최대의 과제가 되어버렸다는 걸... 가슴 속 꿈의 온도를 낮춰보아도 섣부른 꿈은 그렇게 쉽게 세상에 허락되지 않는다는 걸...

버리지 않기 위해, 버려지지 않기 위해 이미 많은 눈물을 흘려야 했지만, 눈물겹게 지켜온 많은 것들이 살아온 날만큼이나 허전해질 즈음... 난 다시 기억해냈다. 내게도 꿈이 있었다는 것. 그토록 아득한 꿈의 빛깔만으로도 나의 生이 빛날 수 있었다는 것을.

그리고 난 다시 글을 쓴다. 그래도 살아있다는 느낌, 지난 꿈을 깨우기 위한 절박한 소생술처럼 난 다시 詩를 쓴다. 언젠가 삶에 맹세할 변변한 희망조차 사라진대도 사랑하고 사랑하였던 모든 것과 시간의 언덕 위에 함께 묻힐 기억의 전리품을 마련하고픈 꿈, 그것이 정녕 내겐 詩를 쓰는 일일 런지도...

살아갈수록 설레임은 무뎌지는데, 그리움만은 짙은 커피향처럼 더 깊고 아득해진다. 그래서인지 가끔씩 미열을 동반하는 섣부른 꿈, 잔기침처럼 함부로 감출 수 없는 그리움으로 이 책을 써내려갔다. 그리고 이제 막 눈부시게 고백할 일만 남아있는 사랑의 일처럼 마냥 두근거리는 가슴 한 두 점 보태기도 하였다. 난해하고 복잡한 글은 잘 쓰지도 못하지만, 그리 내키지도 않았던 까닭에 그냥 편안한 가슴으로 읽어 내릴 수 있는 소박한 斷想으로...

'돈 벌고, 자기 계발하고, 자식 공부시키는 세 가지 책 말고 뭐 다른 책이 얼마나 되나요?' 라 말하는 요즈음 출판시장의 현실에 번듯이 팔려나가기도 힘겨운(?) 글들을 세상에 빛을 볼 수 있도록 도와주신 북갤러리 분들께도 더불어 감사의 말씀을 드린다.

미처 발효되지 못한 꿈으로
2008년 가을, 백승우

contents

처음자리

둘째자리

셋째자리

넷째자리

처음자리

날개를 가진 자만이
희망을 꿈꿀 수 있는 게 아니라고
희망을 꿈꾸는 자만이
날개를 가질 수 있는 거라고

사랑이란 단지
하나가 되기 위해 노력하는 것일 뿐
결코 하나가 될 수 없는 것입니다

사랑이란 둘이 되는 것입니다
온전히 서로의 삶을 바라봐 줄 수 있는
마주 선 둘이 되는 것입니다

조건

그대를 만나지 않아도
난 그대를 사랑할 수 있다

하지만,
그대를 사랑하지 않고서는
난 그대를 만날 수 없다

013

coffee?
love!

같은 커피 맛을 좋아하는 사람보다
같은 커피 향을 좋아하는 사람이면 좋겠습니다.
같은 영화를 보았다는 사람보다
같은 영화를 기억하는 사람이면 좋겠습니다.
같은 생각이길 고집하는 사람보다
같은 생각으로 이해하는 사람이면 좋겠습니다.

단무지

단무지야
너처럼 살고 싶다
가끔은 너처럼 단순하게만
살아보고 싶다
세상 무엇과 어울려야
비로소 맛을 내는 너처럼
그냥 웃음 좋은 사람들
함께 어울리면서
너처럼 노오란 그리움으로
내 가슴 물들고 싶다
너처럼 짭짤한 사랑이나
한 번 해보고 싶다

016

차마 한 사람이 너는 있느냐 1

차마 한 사람이 너는 있느냐
너에게서
너의 향기를 기억할 수 있는
그런 사람이 너는 있느냐
곁에 있어도
너와 마주하는 어깨보다
너를 느끼는 가슴이 더 가까운
그런 한 사람이 너는 있느냐

차마 한 사람이 너는 있느냐
굳이 네 편이 되어주진 못해도
그 무엇으로든 너를 이해할 수 있는
그런 사람이 너는 있느냐
세상 모든 것이 변해도
너에 대한 화아한 웃음만큼은
결코 변하지 않는
그런 한 사람이 너는 있느냐

차마 한 사람이 너는 있느냐
너의 아픔에
꼭 그만큼씩 눈물 흘려줄
그런 사람이 너는 있느냐
네게 언제나
최선을 다할 것을 일깨워 주며
세상 무엇에서도
따뜻한 희망을 말해줄 수 있는
차마 한 사람이 너는 있느냐

차마 한 사람이 너는 있느냐 2

차마 한 사람이 너는 있느냐
가슴 편안한 친구여도 좋고
눈빛 설레는 연인이어도 좋을
그런 사람이 너는 있느냐
마주하는 차 한 잔만으로도
서로의 가슴이 따뜻해지는
그런 한 사람이 너는 있느냐

차마 한 사람이 너는 있느냐
혼자 맞이하는 기쁨보다
함께하는 슬픔이 오히려 행복할
그런 사람이 너는 있느냐
함께할 수 있는 시간 많지 못해도
서로에 대한 마음의 질량만큼은
결코 변하지 않는
그런 한 사람이 너는 있느냐

차마 한 사람이 너는 있느냐
한번쯤 무엇인가에 대해
서로가 눈물 글썽일 수 있는
그런 사람이 너는 있느냐
서로를 마주보며
가벼운 웃음 하나 터뜨리는 일처럼
서로의 눈물을 닦아주는 그 일 또한
그리 어색하지 않은
차마 한 사람이 너는 있느냐

봄은 외롭지 않아
그렇다고 가을, 혹 겨울이 그럴까?

외로운 건
언제나 그 갈피,
그 갈피를 찾지 못하고 헤매일 때
넌 그렇게 외로운 거야

사이와 차이

'사이' 에는
별처럼 반짝이는
그리움이 있고

'차이' 에는
별처럼 떨어진
외로움이 있다

산다는 건,
반드시 꿈을 이룰 수 있기에 사는 게 아냐
그래도 꿈꿀 수 있기에 사는 것이지

어항 속에 새

어항 속에서
날개를 파닥이는
새 한 마리
슬픔을 쳐다보듯
들여다 본다

어쩌면 그건
새가 아니었는지 모른다
그것은
다만 물고기
날개처럼 지느러미를
파닥거리는
한 마리의 작은 물고기

그리하여 내가 말한다
너에게는 거울이 없어
네 자신을 볼 수 없었겠지만

너는 새가 아니라고
날개보다 더 큰 희망으로
벅찬 하늘을 꿈꿀 수 있는
그런 새가 아니라고

너는 다만 물고기라고
네 꿈보다 작은 어항 속에서
네 가슴만큼의
희망을 꿈꿔야 하는
그런 물고기에
지나지 않는다고

하지만 오히려
물고기가 내게 묻는다
너에겐 거울이 있는데
왜 자신을 들여다보지 않느냐고
너에게는 어항이 없는데
왜 삶으로부터
달아나지 못하느냐고

까만 눈을 깜박이며
내게 말한다

날개를 가진 자만이
희망을 꿈꿀 수 있는 게 아니라고
희망을 꿈꾸는 자만이
날개를 가질 수 있는 거라고

여기 내 앞에
말갛게 눈을 뜬
물고기 한 마리
가벼워지고 가벼워져서
날개가 돋아난
새 한 마리

026

누군가를 좋아하는 것은 우연이지만
누군가를 사랑하는 것은 필연입니다

누군가를 좋아한다는 건
어쩌다 반가운 친구 하나를 마주치는 일처럼
가볍고도 유쾌한 일이나
누군가를 사랑한다는 건
살아가는 동안 단 한 번뿐이어도 좋을
가슴 깊은 기다림의 일

그리하여 좋아하는 사람을 떠나보낼 땐
떠나보내며 두 눈에 남는
아쉬움뿐이지만
사랑하는 사람을 떠나보낼 땐
떠나보내고도 가슴에 남는
그리움이 있는 것입니다

물고기의 사랑

내게도 눈물이 있다는 것을
당신은 알지 못합니다
내게서 눈물이 흐르고 있다는 것을
당신은 알지 못합니다

아득히 두 눈을 깜박이며
당신 한 사람만을 바라보고 있는데
그리움은 감추지 못하면서도
내 눈물만은 감춰버리고 마는데

그대는 알지 못합니다
나의 온 생애를 헤엄쳐 오르는
삶의 강물은
언제나 당신을 향해
흐르고 있다는 것을

나는 그대 앞에서도
그대의 뒷모습을 바라본다

그대를 만나러 가는 동안의
짧은 생각과
그대와 헤어져 돌아오는 길목에서의
긴긴 그리움을
단지 사랑이라고 밖에
말할 수 없는 것은 슬픈 일이다
하지만, 정작 사랑하는 그대 앞에
사랑한다고 말하지 못하는 것은
더더욱 슬픈 일이다

눈부신 그대 앞에
나 언제나 쓸쓸했었다
다가서지 못하고 서성이며
그 사랑만큼 쓸쓸했었다

하지만 사랑한단 한 마디
끝끝내 하지 못하고
내 가슴은 언제나
그대 눈에 말을 했을 뿐,
사슴처럼 그대 곁을 서성이며
내 가슴으로만 말을 했을 뿐...

그대 나를 보며
함부로 웃음 짓지만
나는 그대 앞에서도
그대의 뒷모습을 바라본다

당신에게 기억될 수 있는
한 사람이 되는 일조차
쉽게 버리지 못하는
못된 집착임을 알아버린 후에도

난 당신에 대한 기억보다
내 사랑에 대한 기억으로
아마도 조금은 더
쓸쓸해야만 했던 것 같습니다

발자국

사랑을 한다는 건
가슴에 뚜벅뚜벅
발자국이 찍히는 거래
서로를 함께했던
세상의 모든 풍경과
말없이 두 눈을 맞추던
세상 모든 시간들이
그렇게 두 사람의 가슴 위에
나란히 찍히는 거래
그래서 사랑하는 사람이 떠날 땐
가슴이 아픈 거래
사람은 가고 없는데
그렇게 발자국만 남아서
남은 사람의 가슴이
아픈 거래
소리 없이 그렇게 더
아파 오는 거래

붙박이 별

어딘가에 박혀 있어야
비로소 별이 되는
별,
그래서 하늘은 빛났다

그러던 어느 날
그 별을 함부로 어둠에서 떼어내
가슴자리에 박아버렸다
내게서 영원히 달아나지 않도록
가슴에다 꽝꽝 못 박아버렸다
하지만 그 순간
별은 빛을 잃었다
못 박힌 가슴 아픔만
상처처럼 걸려있었다

저기 비웃는 듯
별이 내게 말한다
무엇인가 소중히 꿈꾸는 것은
별처럼 그냥 거기에 두고
바라다봐야 한다고
별까지 가져버린 허전함으로
스스로 빛을 잃지
않는 거라고

무너뜨려 버려
무너뜨려 버려
정말로 니가 아닌 건
너에게서 무너뜨려 버려

이만큼이나 쌓아왔는데 하고
아쉬움을 남기면
꼭 그만큼의 너의 내일이
무너져 버릴 테니

튀김의 변

사각이며
가벼웁게 부서지리라
질척이는 일상
축축한 세상살이
역겨워질 때
술 취한 작부처럼
배짱 좋게 미치고 싶은
어느 오후에라도 좋다
부서지며 느껴지는
황홀한 고소함이
굳이 행복이 아니면 어떠하리
허전한 가슴마다에
그리움의 불을 지피고
그래도 다시 시작할 수 있다는
희망 한 줌
바삭바삭 노오란 꿈으로
부서져 버릴 수 있다면

036

반찬을 만들어본 사람이면 안다
너무 짜지도 싱겁지도 않게
살아간다는 것이
얼마나 힘겨운 일인가를

짠맛

너의 땀이 그토록 짠맛을 내는 건
네 꿋꿋한 노력 때문이지
지금 흘리는 굵은 땀방울에
그 결과 또한 짭짤하리고
너의 눈부신 내일을 약속하신
신의 선물이지

너의 눈물이 그토록 짠맛을 내는 건
네 간절한 사랑 때문이지
눈물로써 하는 사랑,
지금은 아파도
세월 지나 언제까지 변치 말라고
소금처럼 하아얗게 뿌려놓은
신의 약속이지

배경이 된다는 것

강물이 지상의 답답함을 견디지 못해
함부로 바다에게 덤빈 적이 있다
결국에 강물은
파도의 짠맛을 봐야만 했다

구름이 바람의 시달림을 견디지 못해
함부로 노을 위를 밟고 다닌 적이 있다
결국에 구름은
햇살의 뜨거운 맛을 봐야만 했다

나도 한때
나를 휘감는 삶으로부터
달아나고 싶은 때가 있었다
어설픈 희망에 붙들려
내가 택한 자신의 자리조차
지킬 수 없었던 때가

하지만 아름답지 않은가
살아있는 모두가
저마다의 이름으로, 저마다의 희망으로
꿋꿋이 자신의 자리를
지키고 있는 모습이
때로는 누군가를 위해
소리 없이 그의 배경으로 사라져 가는
가슴 깊은 그 모습들이

강물이 대지의 곁에서
대지의 목을 축이게 하듯이
구름이 노을의 곁에서
노을의 슬픔을 덮어주듯이

둘째자리

더 많이 생각하기보다
더 많이 사랑하기로 합시다
서로에 따뜻한 곁이 되어
그 마지막에서
하나가 되기로 합시다

우리 서로 사랑하는 것은
생각에 대한 소유나
믿음에 대한 집착이 아니다

우리 서로 사랑하는 것은
서로에 대한 그리움만큼
눈물처럼 낙엽을 쏟아내는
마주 선 두 그루 나무의
눈짓 같은 것
바라보는 것만으로
서로에게 길들여지는
마주 선 두 그루 나무의
몸짓 같은 것

동행

눈물로써 기억되는
사람이 되지 맙시다
쓸쓸한 그리움에
눈물 흘리게 하는 사람이
되지 맙시다

그것은 다만
이별이 해야 할 일

기억 속에 사람이 되기보다
일생을 마주보는 사람이
되기로 합시다
서로를 눈물짓게 하기보다
서로의 그 눈물을
닦아주는 사람이 되기로 합시다

더 많이 생각하기보다
더 많이 사랑하기로 합시다
서로에 따뜻한 곁이 되어
그 마지막에서
하나가 되기로 합시다

등 뒤에 사랑

보이지 않는 것은
보이지 않게 하소서
보일 수 없는 그 아픔으로
행여
눈물 보이지 않게 하소서

들꽃을 흔드는
은밀한 바람처럼
파도를 떠미는
속 깊은 물결처럼
보이지 않는 영혼의 손으로
인생의 정원을 가꾸게 하소서
가슴엔 화아한 그리움만
등불처럼 걸어두게 하소서

그리하여
보이지 않는 그 그리움으로
등 뒤에 커다란 사랑을
보이게 하소서

고래

눈물로 이룬 바다에
고래 한 마리 살고 있다

내가 만든 바다와
당신이 만든 고래 한 마리

그리움은 그렇게
내 안에서 펄떡이고 있다

그런 사람이면 나는 좋겠다 1

가끔은 하늘을 바라볼 수 있는
사람이면 좋겠다
하늘보다 푸른 눈으로
그 푸르름을 말해줄 수 있는
사람이면 좋겠다

비 개인 오후의 맑은 풍경을
함께 바라다 볼 수 있는
사람이면 좋겠다
그렇게 말갛게 씻긴 마음만으로
서로를 마주할 수 있는
사람이면 좋겠다

저녁노을의 수줍은 눈빛을
닮아 있는 사람이면 좋겠다
어느 마음의 일조차
바알간 낯빛으로 쉬이 들켜버리는
그런 따뜻한 가슴 하나
간직할 수 있는 사람이면 좋겠다

함박눈 내리는 저녁거리를
함께할 수 있는 사람이면 좋겠다
가슴 시린 어느 겨울날
춥고 쓸쓸했던 마음 위에
반가운 눈처럼 내려
내리는 눈처럼 하아얗게만
서로를 사랑할 수 있는
사람이면 좋겠다

그런 사람이면 나는 좋겠다 2

서로의 웃음소리를
기억할 수 있는 사람이면 좋겠다
어쩌다 차 한 잔 마주하는
작고 사소한 일조차
가슴에 따뜻한 기억이 되는
사람이면 좋겠다

내가 먼저 보고 싶었다
함부로 전화할 수 있는 사람이면 좋겠다
어쩌다 만났어도
어제 만난 친구처럼 어색하지 않고
또 그만큼 반가울 수 있는
그런 편안한 웃음을 가진
사람이면 좋겠다

세상에 대한 불평 하나쯤
가볍게 늘어놓을 수 있는 사람이면 좋겠다
그런 힘겨움 속에서도
서로의 어깨를
두드려 줄 수 있는 사람이면 좋겠다

굳이 같은 방향을 바라보진 않아도
서로 다른 세상이 있다는 걸
인정해 줄 수 있는
그런 따뜻한 눈빛을 가진
사람이면 좋겠다

049

나, 그대를 사랑하는 것으로
감히 할 수 있는 단 하나의 것은
그대 인생의 탁자 위에
이해의 그릇을 놓아두는 일
그대 무엇이 되시건
아무런 상관없이
있는 그대로의 그대 자신을
나의 전부로써 담아내는 일

베개의 꿈

베개가 되고 싶어
베개처럼 푹신한
사랑이고 싶어

네가 울면 네 눈물에
온몸 적시는
나 일생을 너의 머리맡에
놓이고 싶어

짝사랑이란
호두 같은 거야

껍질처럼 단단한
그리움을 둘러 입지만
그 안에선 남 몰래
슬픔의 알갱이를 키워야 하는

나는 스토커입니다

나는 스토커입니다
날마다 그대 흔적 밟으며
푸르른 그대의 향기
그리워하는
나는 스토커입니다

나는 스토커입니다
날마다 그대에게
들리지 않는 전화를 하고
날마다 그대에게
부치지 못할 편지를 쓰는
나는 스토커입니다

나는 스토커입니다
차마 부르지 못한 그대의 이름
내 가슴으로만 부르며
그대의 뒤를 밟다
결국 내 마음 밟고 마는
나는 스토커입니다

가라, 사랑이여

가라, 사랑이여
이 허전한 가슴을 남겨두고도
한번쯤 미안해하지 않는 사람이여
바라볼 수 있는 너는
내 곁에 있고
사랑할 수 있는 너는
슬픔에 있다

가라, 사랑이여
감히 나의 사랑을
허락지 않은 사람이여
한때는 기쁨으로 휘감던 사랑이기에
희망 같으면서
절망 같기도 한
그 아슬한 사랑의 갈피를
난 바위처럼 견딜 수 있었다

가라, 사랑이여
빼앗긴 입술만 남기고
밤도둑처럼 꽁무니 빼는 사람이여
십 리도 못 가
발병 안 나도 좋으니
퍼뜩 떠나거라 내 사랑이여
처음 만나 단박에 훔쳐버린
온 마음처럼
이 미련스런 미련마저
가져가라 사랑이여
내 진정 목숨처럼 사랑했던
사람이여

모서리의 충고

불 꺼진 방안에
함부로 발을 더듬다
책상 모서리에 발이 채였다
그리고는 끝내
지독한 눈물에게
바짝 약이 오른
두 뺨

그랬을 것이다
모서리 투성이 세상에
너의 꿈이 상처를 입었을 때
아무도 너의 아픔을
돌아보지 않았고
그런 너를 사랑하다
내 가슴이 상처를 입었을 때
너 또한 나의 아픔을
돌아보지 않았다

아픔을 주었던 상처만이
그런 내 자신을
돌아보게 하였을 뿐...

아픔처럼 모서리는 말한다
그렇게 삶은
혼자 견디는 것이라고

너는 왜 강물처럼
바다로, 바다로만 가려고 하니

한번쯤 거스르면
네 등 뒤에 산을
발견할지도 모르는데

세 번의 기회

꼭 세어보진 않았어도
대략 인생엔
세 번쯤의 기회가 찾아온다지, 아마

하지만 넌 두려워했지
이미 그걸 발길로 걷어차버린 것은 아닐까
오래전 지나쳐버린 그걸
이제서야 뒤늦게 기다리고 있는 게 아닐까
넌 두려워했지

그래도 넌 말하지 못했을 거야
지금까지의 너의 삶을 설득할
변변한 희망 하나쯤은
가지고 있어야 했기에
넌 함부로 말하지 못했을 거야

그냥 그렇게
쉽게만 기다리려고 했을 뿐
이제껏 한번 너 그것에
땀 흘려 마중하지 않았단 것을

충고

간판들아,
소중히 선택된 너의 이름을
함부로 그렇게 내어걸지 마라
정말로 너의 이름을 걸어야 할 땐
네 전부를 걸어야 하지

전등들아,
빛을 가진 너의 존재를
함부로 그렇게 우쭐대지 마라
정말로 세상 모두를 밝히고 싶을 땐
네 등 뒤에 어둠부터 밝혀야 하지

초침들아,
네 부지런함을 드러내기 위해
함부로 그렇게 똑딱이지 마라
정말로 자랑스런 자신을 보이려 할 땐
소리 없는 행동으로 보여야 하지

거울들아,
저마다 간직한 삶의 표정을
함부로 그렇게 비추지 마라
정말로 누군가의 삶을 비춰보고 싶을 땐
찬찬히 네 자신부터 들여다봐야 하지

061

나 기꺼이
슬픔의 편이 되겠습니다
단 한번이라도 그대
여기 내 편이 되어주신다면

하루살이 사랑

하루 동안만
그대의 곁을 허락하소서
단 하루 동안만
그대를 마주보며
사랑할 수 있게 하소서

굳이 서로의 믿음을
강요하지 않고
서둘러 사랑의 영원을
말하지 않도록
단 하루 동안만이라도
온전히 그대를
사랑할 수 있게 하소서

그리하여
그대 사랑한 그 하루만을
허락된 온 생애로 알게 하소서

눈 먼 새의 사랑

그대는 한 때
어느 깊은 사막에서의
한 그루 선인장이었죠
거칠은 모래바람 속에서도
꿋꿋이 자신을 떠받치고 있던
한 그루의 작은 선인장

아마도 그러한 까닭이겠죠
이 세상 다시 태어나
이따금 사막 같은 외로움에
그대 가슴이 흔들리는 건...
홀로 꿋꿋이 이 세상 살아가면서도
어느 알 수 없는 그리움에
그대 아득히 눈물짓는 건...

한 그루 선인장으로 태어난 그대에게
난 한 마리 작은 새였죠

알 수 없는 이끌림에 사막을 여행하다
첫눈에 그대를 사랑해버린
한 마리의 작은 새
그렇게 사랑에 빠져버린 가슴만으로
함부로 그대를 안으려다
그대 가시에 눈이 멀어버린
한 마리의 작은 새

아마도 그러한 까닭이겠죠
이 세상 다시 태어나
나 그대의 향기만으로도
그대를 알아볼 수 있었던 것은...
아득히 간직했던 눈 먼 아픔에
이렇게 그대를 바라보면서도
그대가 다시
그리워지는 것은...

065

누군가를 사랑함에 있어
가장 간절한 한마디는
'당신을 사랑합니다'라는
가슴 깊은 고백의 말입니다

하지만 누군가를 사랑함에 있어
가장 필요한 한마디는
'그 사람이니까 그럴 만한 이유가 있을 거야'라는
작은 이해의 말입니다

화분

내 소망이란 단지
그대 아침 창가에 놓인
화분이 되는 것

세상 속
그대 상심의 일들
내 마음 깊이 담아두었다가
그 곳에 이해의 씨앗을 심고
믿음의 거름을 주어
그대에게서 작은 희망의 뿌리를
자라나게 하는 것

그리하여 그대 소중한 무엇이
눈부신 세상의 꽃으로
피어나게 하는 것

호프집이든,
싸구려 대포집이든
기본안주쯤으로 나오는
메추리알을 까본 사람은 안다

그 작고도 사소한 일,
귀찮고도 성가신 일을
내 입이 아닌
누군가의 입을 위해 할 수 있다는 것
그게 바로 사랑인 것을

난 두부요

난 두부요
그대와의 사랑, 그 발칙한 꿈으로
나의 영혼 하얗게 옷을 벗나니

나 오늘 그대 식탁에
한 그릇 된장찌개가 되고 싶소
내 마음 토막토막
그대 사랑에 들끓고 싶소

소심한 사랑 1

나 많이 모자라겠죠
매일처럼 장미 다발을
그대 가슴에 안겨 주거나
때로는 보석 박힌 사랑의 선물로
그대 마음을 유쾌히 하는 그런 일들엔
나 많이 모자랄 테죠

난 그저 할 수 있겠죠
그대 눈뜨는 아침을 위해
향 좋은 커피 한 잔을 마련해 두거나
그대 몰래
한 끼 설거지 꺼리를 해치우는
조그만 마음의 일로
내 가슴 속 사랑을
보일 수 있을 테죠

단 한번이라도
더 깊고 아득히 들려주고픈 까닭에
사랑한다는 말조차 그냥
쉽게만 말하지 못하는
내 소심한 사랑

나 언제나 그런
작고 사소한 것들로만
내 마음을 보일 뿐이죠
그 마음만큼도
다하지 못한 미안함에
언제나 그대 눈에
늘 고맙다고만 말할 뿐이죠

소심한 사랑 2

나처럼 제법 괜찮은 사람
만났다는 자만심에
가끔씩 그대에 대해 생각해보지만
정작 내 마음만큼도
다하지 못한 미안함에
난 다시 그대를 생각합니다

그 누구보다 아끼고
소중히 한다는 뿌듯함에
가끔씩 그대에 대해 생각해보지만
정작 내 자신보다
그대 먼저 헤아리지 못한 미안함에
난 다시 그대를 생각합니다

ight. *You make me so* ...

my dear I love you so.

사랑하는 사람에겐
미안하단 말은 하지 않는 거라
먼저 사랑했던 이들이 말을 했지만
그대를 사랑함에
그토록 자꾸 미안해지고 마는
소심한 내 사랑의 일들

받는 것보다
주는 것이 너무 많은 억울함에
가끔씩 그대에 대해 생각해보지만
이미 준 것보다
아직 주고 싶은 것들이 너무 많은
그대 있어준 고마움에
난 다시 그대를 생각합니다

그 생각들보다도 더욱 간절히
난 그대를 사랑합니다

073

사랑을 하면
힘도 세어지나 봅니다
이제껏 짊어져 온
내 인생의 짐만으로도
힘에 겨운데
나 그대 인생의 짐까지
모두 떠안고 가고 싶은 걸 보면

청혼 1

그대 인생의 짐은
내게 맡기시오
그 대신 나의 영혼
그대에게 맡기나니
나 죽을 때에나
거두어 갈까 하오

내가 만약 청혼한다면
그건 아마도
그대의 생일이 되겠죠

그대 태어난 날...
내 사랑과 함께,
그 사랑에 대한
내 작은 약속과 함께
그대 다시 태어날 수 있도록

청혼 2

물결이
물결을 출렁이게 하듯
바람이
바람을 흔들리게 하듯
그리움으로 내 안에 그리움을
떠미는 이여
나 그대를 기다리는
황홀한 저녁이 되게 하소서

비록 첫눈에 반하지 않았으나
그대 언제나
첫눈의 설레임으로
바라보는 사람

내 감히
그대 눈동자에 청혼하노니
달팽이처럼
날마다 그대 영혼을
업고가게 하소서

낮은 목숨을 걸고

목숨 걸고 살고 싶다
목숨 걸고 사랑하고 싶다

여름내 하루살이
저만큼의 하룻 목숨을 걸고
빛을 향한 일생을 살아가듯이
겨우내 철새들이
저만큼의 시린 목숨을 걸고
머나먼 하늘 품으로
가슴 벅찬 날개짓을 하듯이

주어졌던 시간만큼
우린 많은 날을 방황했다
가끔은 누군가에게 꺼내 보여야 할
하나쯤의 외로움을 준비하면서
언젠가 자신에게도 들려주어야 할
하나쯤의 이유를 준비하면서

어쩌면 우린
삶의 어느 구석에서도
목숨 걸 무엇 하나 찾지 못하고
눈물로써 허전한 인생을
말해야만 했을 것이다

목숨 걸고 살고 싶다
목숨 걸고 사랑하고 싶다

태양빛 모래사막이
저만큼의 아픈 목숨을 걸고
가슴 깊은 고독을 마르게 하듯이
깜박이는 저녁 등불이
저만큼의 낮은 목숨을 걸고
어둠 속 화아한 희망을 걸어놓듯이

행복하지 않은 게
불행이 아니야
행복할 수 있는 무엇을
찾지 못하는 게 불행이지

형광등

깜박깜박
더듬거리며 빛을 찾는
형광등에 빗대어
함부로 비웃는 자 있다

저 한번도
그토록 환한 꿈을 켜기 위해
변변한 희망 한 점
깜박여 본 적 없으면서도

082

너 자신을
'비교' 의 저울 위에 올려놓는 것은
네 삶에 불행의 눈금을
하나씩 높여 가는 것이다

떡

그렇게 함부로
남의 떡이 클 거라 생각하지마
그 누구든 어디쯤에서
지금의 너의 떡을 부러워할 수 있고
그 또한 지금에 그의 떡을 만들기 위해
얼마만큼의 눈물을 흘려야 했는지
너는 알지 못한다
그렇게 함부로 비교하려 하지 말고
결단코 비교될 수 없는
너의 떡을 만들어 봐
세상 누구도 없는
이 세상 단 하나 너만의 떡을

그리고 함부로 떠벌이지마
네가 가진 무엇이 없는
이 개떡 같은 세상이라고

희망편지

그대는 한숨보다
그대를 닮은 씩씩한 웃음이
더 어울리는 사람이다
그대는 눈물보다
햇살처럼 화아한 그 눈빛이
더욱 더 어울리는 사람이다

비록 그대 상심하여
잠시 고통의 열병을 앓고 있으나
절망 또한 희망의 일부일 뿐
죽음 아닌 끝은 단지
또 다른 시작에 불과하다

그러니 그대 다시 일어나
눈부신 희망 앞으로
걸어서 가라
때로는 처음을 시작하는 용기보다
다시 시작할 수 있는 용기가
더욱 아름답다

그대는 오늘보다
가슴 벅찬 내일이
더 어울리는 사람이다
그대는 절망보다
들꽃처럼 파아란 그 희망이
더욱 더 어울리는 사람이다

셋째자리

아마도 사랑이란
가슴과 가슴을 마주하며
두 눈으로 길들여지며
마음 속 누군가를 닮아가는 것이죠
이미 닮아있던 두 사람이
아득히 서로를 그리워하다
어느 날 눈부시게 마주치는 것이죠

눈을 뜨고 바라보면
그대 낯빛이 그립고
눈을 감고 바라보면
그대 향기가 그립다

기적

넌 내게 있어
손톱처럼 자라는 그리움.
아니, 지문처럼
오직 한 사람에게만 묻어나는
깊은 자취이며,
손금처럼 운명으로 그려지는
생의 강물이나니

고단했던 나의 삶
황홀한 너의 손끝 닿으면
내 앉은뱅이 영혼조차
냉큼
뛰어도 갈 수 있으리

그립다
그리움이 너무 커서
내 가슴 한 평쯤
모자랄 만큼

그립다
가슴에서 떼어낸
그리움 한 쪽
요즘 아이들 스티커 사진처럼
어디에든 함부로
붙이고 싶을 만큼

구두가 되어

구두가 되고 싶어
구두가 되어
너의 삶을 한번쯤
따라가 보고 싶어
구두가 되어
동그란 너의 발끝에
길들여지고 싶어

구두가 되고 싶어
구두가 되어
걸어가는 네 자리마다
내 그리움을 반짝이고 싶어
구두가 되어
세상 너의 이름으로
발자국 하나 남기고 싶어

예정

가끔씩 그댄 내게
장미의 붉은 향길 좋아한다 말을 했지만
그대가 그대만의 것으로 간직한
그대 향기로
이미 장미의 붉은 향길 닮아있었죠

가끔씩 그댄 내게
저녁별의 푸르름을 좋아한다 말을 했지만
그대가 그대만으로 빛날 수 있는
그대 눈빛으로
이미 저녁별의 푸르름을 닮아있었죠

아마도 사랑이란
가슴과 가슴을 마주하며
두 눈으로 길들여지며
마음 속 누군가를 닮아가는 것이죠
이미 닮아있던 두 사람이
아득히 서로를 그리워하다
어느 날 눈부시게 마주치는 것이죠

나 그대를 만나기 오래전부터
내 안에 그대 향기를
그리워했듯이
그 사랑으로 길들여지기 훨씬 전부터
이미 그대의 푸른 눈빛을
닮아있었듯이

사랑을 잃었다하여
너를 잃고 방황하는 것
자신을 학대하여
스스로를 무너뜨리는 것은
결코 옳지 않다

언젠가 그 사랑과 마주쳤을 때
부끄럽지 않은 네 모습을
보여주는 것
한때나마 너를 사랑한 것이
결코 부끄럽지 않은 일임을
깨닫게 하는 것

그것이 상실한 사랑에 대한
예의인 것이다

술

사랑 때문에
그 쓸쓸한 아픔 때문에
그대여 함부로
술 마시지 마라
그대 지금 그 술보다
더 독한 사랑을 하지 않는가

사랑을 시작할 땐
따뜻한 미소 하나쯤 그에게 주고
그의 두 눈이 너에게 준
작은 설레임만을 가져오는 거지만

사랑을 끝맺을 땐
그에게서 기억될 수 있는
너의 전부를 주고
그로 인해 웃음 지었던
작은 행복만 가져오는 거야

뿌리

사랑 안에는
덧없는 기쁨이 있어
아득한 행복이 있어
그 안에 새로운 기쁨과 행복을
부어 줄 때마다
더욱 무성한 잎과
단단한 줄기로 자라난다지
하지만 기쁨과 행복이
잎과 줄기로 키를 높일 때
사랑이 등 뒤에 간직한 슬픔만은
뿌리로, 뿌리로만 자라난다지
그래서 그 사랑이 떠나갈 때면
모진 뿌리가
흙의 가슴을 헤집듯
남은 사람의 가슴이 아픈 거라지
소리 없이 그렇게 더
아픈 거라지

어느 날 내가 다시
사랑할 수 있다면

어느 날 내가 다시
사랑할 수 있다면
그대 마중하던 가을날 그 언덕길을
그토록 서둘러 내려오지는 않겠습니다
그대의 여린 손끝
내 체온으로 기억하며
수줍은 그대 눈빛까지도
찬찬히 바라보겠습니다

어느 날 내가 다시
사랑할 수 있다면
그대 함께하던 따뜻한 그 커피잔을
그토록 서둘러 마셔버리지는 않겠습니다
찻잔에 베인 온기
내 가슴으로 기억하며
푸르른 그대 향기까지도
찬찬히 읽어가겠습니다

어느 날 내가 다시
사랑할 수 있다면
내 맘 같지도 않은 괜한 자존심의 일로써
그토록 내 자신만을
서둘러 고집하지는 않겠습니다
사소한 배려의 일조차
먼저 마음으로 준비하며
나 그대의 웃음 뒤에 비로소
그대처럼 행복해 하겠습니다

어느 날 내가 다시
사랑할 수 있다면
그토록 그대를
서둘러 떠나보내지는 않겠습니다
내가 할 수 있는 세상에 사랑
모두 그대에게 건네 드리고
그 때쯤에야 떠나는 그대 뒷모습
눈물로써 허락하겠습니다

어느 날 내가 다시 사랑할 수 있다면...
어느 날 그대 다시 사랑할 수 있다면...

099

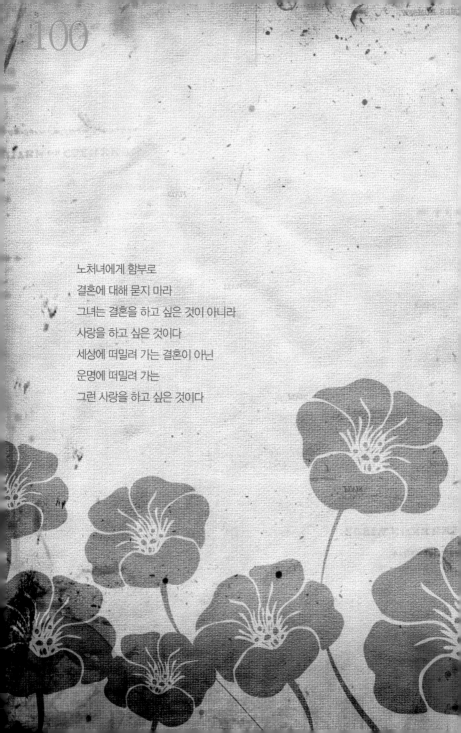

노처녀에게 함부로
결혼에 대해 묻지 마라
그녀는 결혼을 하고 싶은 것이 아니라
사랑을 하고 싶은 것이다
세상에 떠밀려 가는 결혼이 아닌
운명에 떠밀려 가는
그런 사랑을 하고 싶은 것이다

마주보기

눈에서 눈으로
바라보고 싶다
어깨와 어깨로서
마주하고 싶다
가슴 속 외로움의 일들은
서로에 마음으로 덮으며
가슴에서 가슴으로
말하고 싶다
서로를 사랑한다
말하고 싶다

그대, 나를 사랑하실 땐

그대여, 촛불처럼 사랑하지 마세요
어둠 속에 익숙해진 나약함 탓에
가냘픈 한숨에도 쉬이 희망을 꺼뜨리는
촛불의 그런 흔들림으로
나를 사랑하지 마세요

그대여, 별처럼 사랑하지 마세요
가슴보다 더 큰 그리움 탓에
가엾은 몸짓으로만
서로를 바라보고 있어야 하는
별의 그런 안타까움으로
나를 사랑하지 마세요

그대여, 나무처럼 사랑하지 마세요
뿌리로써 길들여진 기다림 탓에
떠나는 새들에게조차
푸르른 가지 하나 흔들어 보일 수 없는
나무의 그런 아픔으로
나를 사랑하지 마세요

굳이 영원을
말하지 않아도 좋습니다
그냥 하루하루를
영원처럼 사랑해 주세요
지금처럼만, 그대처럼만
나를 사랑해 주세요

물 속에서 눈 뜨기

날기를 두려워하는 닭처럼
나도 한때
물 속에서 눈을 뜨는 것을
두려워한 적이 있다

그 속에서 바라봐야
깊은 곳을 볼 수 있는 것인데
눈을 뜨고 들여다봐야
더 깊은 영혼까지
이해할 수 있는 것인데
순간의 아픔을 참지 못하고
물 위에서 무심코
바라만 보고 있었다
눈을 감고 적당히
생각만 하고 있었다

하지만 무엇이든
눈을 뜨고 바라보아야 한다
타인에 대해
내 자신에 대해
좀 더 깊은 눈을 뜨고 찬찬히
그 영혼까지 들여다 볼 수 있어야 한다
알에서 깨어나는 흰 새의
눈을 뜨는 그 아픔으로
우리들 삶의 나무는 조금씩
그 뿌리를 키워가는 것이기에

비틀려 졌다고
그렇게 자꾸 펼치려고만 하지마

비틀려질 만큼 비틀려져야
한번 마음껏
펼쳐 보일 수 있을 테니까

자명종

말 못할 가슴 아픔이 있어
자명종처럼 누군가
저 혼자 울고 있을 때
이해의 침묵으로든
눈물의 공감으로든
그에게로 다가가
슬픔의 스위치를 내려주어라

하지만 그 슬픔이 너무 잦아
그대 연민에
자꾸 기대려고만 하거든
그댈 위해서
그를 위해서
그대 삶의 침대로부터
지금 당장 그를
예의 바르게 치워버려라

철이 든다는 건,
눈치를 살필 줄 알게 된다는 것

세상에 대해
자신에게 허락된 것이
얼마만큼인가를
비로소 깨닫게 되는 것

백수지탄

권태로운 자에겐 너무
많다 싶은 시간들
그 시간이 얼마만큼
느리게 흐르는지 바라보면서
그대, 백로처럼 한숨짓는다

단지 조금 더 멀리 뛰려
개구리처럼 움츠렸던 것뿐인데
어느새 움츠린 두 다리에
애꿎은 마비가 온 그대

하지만, 슬프게도 그대 아는가
세상은
꿈을 꾸는 자의 것이 아닌
꿈을 파는 자의 것이라는
서글픈
꿈의 모순을

높은 것에 대한 회의 1

새들은
날개만큼이나 자유로운
저의 존재를 알리기 위해
때 묻지 않으려는 하늘의 순결을
그토록 무참히 밟고 다녀야 했나

동상은
누군가 기억해 주길 바라는
저의 빛나는 과거를 위해
자신의 무게조차 견디기 힘든 돌의 고뇌를
그토록 지독하게 짓누르고 있어야 했나

지붕은
한없이 떠받쳐지는
달콤한 우월을 맛보기 위해
저들끼리도 갇혀버린 벽의 하늘을
그토록 답답하게만 가리고 있어야 했나

높이 나는 새가
더 멀리 볼 수 있다면
낮게 떠도는 새는
그만큼 더 찬찬히
세상의 깊이를 바라볼 수 있는 것

우러러 봐야 하는
우리들의 고개짓만큼이나
가끔은 높이 있는 모든 것들이
불편해 보일 때가 있다

행복해 보이기 때문에
행복한 사람은
사실 행복하지 않아

높은 것에 대한 회의 2

우리는 단 한번도 누구에게
우릴 이끌어 달라
감히 부탁한 적 없는데
그들은 제멋대로 자신을
지도층이라 부른다
우리는 단 한번도 누구에게
삶의 경계선 따위를 그려넣으라
함부로 말한 적 없는데
그들은 제멋대로 자신을
상위층이라 부른다

그들은 그들이 오르내리는 길목마다
높다란 언덕 하나를 만들어 놓고
사람들의 다리를 지치게 한다
삶의 무릎을 다치게 한다

그들은 그들의 이마에다
별처럼 희망을 걸어 놓고
사람들의 고개짓을 아프게 한다
바라보는 두 눈을 시리게 한다

하지만 또 여기
당당히 그들을 비웃지 못하면서도
한번쯤 그 곳에 오르지 못해
종종걸음 치는 사람들

사람들은 모른다
꿈이란 높게만, 높은 곳으로만
오르는 게 아니란 것을.
희망은 늘 사람들 곁에서
언제라도 먼저 손 내밀어 주기만을
가슴 묵묵히
기다리고 있다는 것을.

시계 속 세상

초침이란 녀석, 참말 개근상감이다
정력제를 탐해 굳이
동남아 순회공연 따윌 떠나지 않아도
몇 백 원짜리 건전지 하나면
매일 밤을 꼬박 새워서라도
불끈불끈 앞만 보고 달려갈 수 있으니

하지만 시계 속 세상은
참으로 불공평하다
초침이란 녀석이 뭐 빠지게
땀 흘려 달린다 해도
힘 있는 분침, 시침
그 게으른 한 걸음보다
차마 서럽게 인정받지 못하는 것은

과거의 자신을 돌이켜 보는 건

그 때의 너 자신을 후회하거나

책망하기 위함이 아니야

그렇게 깨어진 희망의 파편을 주워 담아

좀 더 나은 삶의 무늬를

그려 넣기 위함이지

눈

아마도 너의 슬픔은
희망 때문이다

지리한 일상에서 벗어나
너만의 특별한 날들로
단장하고픈 희망,
한번쯤 너를 이해하지 못하는 세상에게
지금에 너 이상을
보여주고픈 희망,
이제껏 너를 지켜준 무엇이기에
그래도 포기할 수 없어
가슴 속 파아란 슬픔으로
자라란 희망...

그런 너에게 난
눈이 되고 싶다
네 고단한 일상 위에
반가운 눈처럼 내려
네 가슴 속 슬픔까지 하아얗게
덮어줄 수 있도록

Mes petits [illisible]

Nous avons fait hier la [illisible]
que vous avez [illisible]
elle. Nous avions un [illisible]
aujourd'hui le brouillard [illisible]
[illisible] ne [illisible] nulle [illisible]
plus [illisible], néanmoins [illisible]
[illisible] pendant leur jour[illisible]
la plage et s'amusent [illisible]
[illisible] mère vous remercie [illisible]
[illisible]ation. [illisible] ma petite [illisible]
[illisible] j'étais fort heureu[illisible]
[illisible] vous [illisible] petite [illisible]

넷째자리

나 그대를 바라볼 때
단지 그대의 얼굴을 바라보는 것이 아니라
그대의 두 눈을 그리워하는 것이요

나 그대의 두 손을 마주잡을 때
단지 그대의 손끝을 어루만지는 것이 아니라
따뜻한 그대의 체온을 기억하는 것이다

사랑이란,
강릉행 새벽기차를 함께 타는 것

그렇게 흔들리고 덜컹이면서
세상 어둠을 뚫고 달려가면서
같은 곳, 같은 방향을 향해
함께 가는 것
푸른 꿈의 바다로 달려가는 것

술잔

사랑이란, 술잔처럼
채우기 위해 비우는 것이지
비우기 위해 채우는 것이 아니다

지금까지 채워왔던 나를 비우고
그 사랑으로 길들여진
너를 채우는 것이다

그 뒤에서
나의 일생이 취하는 것이다

지금까지의 작고 소박했던 내 삶에

그대를 더하는 것은

아마도 평생짜리 친구 하나를

얻는 일일 것입니다

나는 그대가 고맙다

내가 사랑할 수 있는
그대가 있어 고맙다
슬퍼도 눈물이 외롭지 않게
언제나 내 작은 상심에
귀 기울여 준 그대가 나는 고맙다
나와 세상에 대해
그리고 그대 자신에 대해
언제나 따뜻한 웃음을
잃지 않는 그대가
나는 고맙다

내가 사랑할 수 있는
그대가 있어 고맙다
내게서 오랜 꿈의 일들을
다시 기억할 수 있게
언제나 따뜻한 용기의 말을
잊지 않는 그대가 나는 고맙다
때로는 눈빛으로 느끼는 사랑보다
가슴으로 깨닫는 그대 사랑이
나는 정말 고맙다

123

그늘이 되고 싶습니다

그늘이 되고 싶습니다
당신 곁에 묵묵히 서서
당신의 푸른 웃음 들여다보는
나 당신에
그늘이 되고 싶습니다

굳이 커다란 느티나무 아래에서의
크고 넉넉한 그늘은
아니어도 좋겠습니다
키 작은 은행나무 아래에서나
나즈막한 담벼락 아래
그저 당신의 지친 하루를
잠시 쉬어가게 할 수 있다면
나 무엇으로든
당신 곁에 있으면 좋겠습니다

그늘이 되고 싶습니다
나 당신에 그늘이 되고 싶습니다
더 이상 당신의 아픔이
세상 속에 외롭지 않게
더 이상 그 외로움들이
눈물로써 흐르지 않게
세상의 햇볕이 따가울수록
온 생으로 당신을 감싸 안는
나 당신 곁에
푸르른 그늘이 되고 싶습니다

세상을 살아가며
꼭 필요한 하나와
누군가를 사랑하며
꼭 필요치 않은
하나가 있다면
⋯ ⋯
그건 바로
자존심

그대가 사랑할 때

내가 바라보는 하늘이
단지 그대 있는 하늘을 향해
흐르는 것이듯
내가 지금 살고 있는 세상이
단지 그대 머무는 풍경에
지나지 않은 것이듯

나 그대를 바라볼 때
단지 그대의 얼굴을
바라보는 것이 아니라
그대의 두 눈을
그리워하는 것이요

나 그대의 두 손을 마주잡을 때
단지 그대의 손끝을
어루만지는 것이 아니라
따뜻한 그대의 체온을
기억하는 것이다

누군가 그대 앞에서

예쁜 척, 착한 척

그것도 모자라

대담한 척 한 대도 용서합시다

서로에게 진실된 모습이어야

우린 비로소 그것을

사랑이라 말할 수 있지만,

사랑하는 이에겐

보다 나은 자신이고 싶은 것이 사랑입니다

그 믿지 않은 허세조차

바로 사랑입니다

맥주깡통

살아온 날만큼이나
산다는 게
외로운 거라면
허전한 거라면
맥주깡통처럼
함부로 구겨져 버려져도 좋아
단 한번 너의 입술
감히 허락받을 수 있는 거라면

난 당신의 사람입니다

어떤 아픔이 있어
그대 눈물로써 아파할 때
그런 그대의 아픔
대신할 순 없어도
함께할 수 있는
난 당신의 사람입니다

어떤 외로움이 있어
그대 쓸쓸한 뒷모습으로 지쳐있을 때
그런 그대의 외로움
그대처럼 느낄 순 없어도
그대로서 이해할 수 있는
난 당신의 사람입니다

어떤 모자람이 있어
그대 긴 한숨으로 아쉬워할 때
그런 그대의 모자람
채워드릴 순 없어도
가슴으로 덮어드릴 수 있는
난 당신의 사람입니다

긴 방황 끝에서 만난
그대와 나,
그렇게 처음부터 사랑할 순 없었어도
마지막까지 사랑할 수 있는
난 당신의 사람입니다

131

한번쯤 바코드로
내 가슴을 찍어보세요

오래전 신께서 약속하신
나의 사랑이
또박또박 당신의 이름으로
찍혀있답니다

몫

그대가 몫이라면
난 나머지어도 좋다
그 무엇으로 나누어지든
그대와 나,
본디 하나의 이름으로
불리어질 수 있었다면

바다에 가는 이유

낚시꾼은
잡히지 않는 세월을 낚기 위해
바다에 간다하고
어부는
잡아야 하는 삶을 건져올리려
바다에 간다한다

철학자는
삶에게서 아직 찾을 것이 있어
바다에 간다하고
시인은
삶에게서 아직 버릴 것이 있어
바다에 간다한다

저기 남은 희망을 배우기 위해
바다로 떠나는 사람들과
여기 남은 절망을 견디기 위해
바다를 찾는 사람들

너는 아직
그 곳에 바다가 있어
바다에 간다하고
난 그런 너에게 바다가 있어
네게로 간다한다

고독이 아름답다
함부로 말하지 마라

생일날 홀로 앉아
찬물에 밥 말아 먹어본 적 없었다면

밥보다 나은 희망

밥을 먹는다
밥을 먹는다
희망에게 뺨 맞은
서러움을 등에 지고도
절망에게 발길질 당한
눈물 한 줌 토하면서도
나는 서러웁게
밥을 먹는다

저기 한 켠에
저들끼리의 희망을 떠들어대는
낯선 이들의 눈치를 살피며
막무가내로 우겨넣는
서글픈 생의 몸부림
살기 위해, 단지 살기 위해
밥을 먹는 슬픔보다
더 큰 슬픔이 어디 있으랴
홀로 삼키는 그 슬픔보다
더 큰 외로움이 어디 있으랴

하지만 이제 다시
밥을 먹을 먹어야 한다
먹다 흘린 절망의 그 이유까지
말끔히 먹어치워 버려야 한다
내일이면, 어쩌면 내일이면
우리들 삶의 식탁 위에
눈부시게 차려져 있을
밥보다 나은
그 희망을 위해

네 어깨 위에 놓인
인생의 손이
밤처럼 차갑고 너무도
무거웁게 느껴질 때...
너에게서 어둠이 너무 길고
세상 무엇으로든
그 의미를 찾을 수 없을 때...
찬찬히 너의 가슴 한 곳을
들여다보라

세상 빛나는 무엇은
언제나 네 가슴자리에 놓여져 있다

하늘에서 별 따기

하늘에서 별 따는 게
뭐 그리 어려울까 싶어
가끔은 지붕 위에 올라
별처럼 눈을 깜박인다

고개 떨어지도록 함부로 손을 휘젓다
서툰 별 하나
아득한 손끝에 잡혀질 즈음,
지금 이 순간에도 지구는 열심히
제 몸뚱일 돌리고 있을 거란 생각에 미치니
별이 저만치 달아나 버렸다

그랬을 것이다
이제껏 나를 힘들게 한 것은
무엇이 되야 한다는
무엇을 해야 한다는
섣부른 희망이었다
그리고는 그곳에 적당히 덧붙여 버린
서툰 이유들이었다

별빛 스러지는 오늘밤,
가슴 속 출렁이는 바다에 가면
밤하늘이 깜박 흘린
별 몇 점 있을 것 같다

멍

하늘이 저토록
시퍼렇게 멍이 든 것은
제멋대로 밟아대는
새들의 발자국 때문.

바다가 그토록
시퍼렇게 멍이 든 것은
쉴 새 없이 패대기치는
파도의 발길질 때문.

상처를 가진 저마다
가슴 깊은 아픔 하나씩 감추며 산다
하지만 때로는
그 아픔을 드러낸 상처자리가
조금은 덜 아플 때가 있다

내 가슴 이토록
시퍼렇게 멍이 든 것은
아직 버릴 것이 남아 있다는
살아온 날만큼의 무게 때문.
그러나 아직
채워야 할 것이 남아 있다는
너에 대한 내
그리움 때문.

맨 처음 사랑을 시작했을 때
넌 물었다.
그도 너처럼 사랑하는지

비로소 그의 사랑을 알게 됐을 때에도
넌 물었다.
그도 너만큼 사랑하는지

하지만 넌 이제 묻지 않는다.
그도 너만큼 그렇게
지긋지긋해 하는지

별에게 묻다

때로는 너의 모습
보고 싶어
별처럼 깜박이는
너의 모습 보고 싶어
사슴처럼 오후의 정원을 서성였다
별에게 말했더니
별 따위를 보러온 게
아님이 괘씸했던지
빼꼼 토라져 내게 말한다
그럴 필요 없다고,
아득한 별을 빌어
너를 바라볼 필요 없다고,
오래전 별을 떠난 너의 모습이
이미 내 눈동자 가득
박혀 있었다고

내 영혼의 반쪽은
하나님의 것이요
그 나머지 반쪽은
당신의 것입니다

혹 하나님께서 허락하신다면
그 반쪽마저
당신이 가져가세요

그대는 그대의 것이 아닙니다

그대여,
함부로 슬퍼하지 마세요
내 허락 없이는
함부로 아프지도 마세요

그대는 그대가 태어나기
오래전부터
신께서 정하신 내 안에 사람
슬픔이 있다면
내 가슴에 옮겨 놓으시고
아픔이 있다면
내 눈물로써 쏟아내게 하소서

어느 날
사랑에 빠져버린 그 순간부터
난 이미 나의 것이 아니랍니다
내가 사랑하는 그대 또한
그대의 것만이 아니랍니다

그대 두툼한 다리에 대하여 논함

내 감히
깜찍한 그대 슬픔에 대하여 논하노니
그대여 부디
두툼한 그대 다리를 노여워 마오

남의 시선을 의식하며 산다는 게
때론 유쾌한 일이나,
또 그만큼 불편한 일...
고약한 세상의 잣대로
나 그대를 바라보지 않듯
정해진 누군가의 방식대로
나 그대를 사랑하지 않듯
두툼한 그대 다리가
내겐 마냥 어여뻐 보이기만 하오

그러하오니 부디 더 이상
듬직한 그대 다리를 서글퍼마오
튼튼한 그 다리가 있어
그대 더욱 씩씩하게
희망 앞으로 걸어갈 수 있음이요
그대 다시 꿋꿋하게
세상 앞에 일어설 수 있음 아니요

먼 훗날 지친 어깨를 쓸며
나 그대를 찾을 때에도
그 다리처럼 꿋꿋이
내 힘겨운 곁을 지켜줄 그대

… …
허나,
심히 민망할 정도면 곤란하겠소

여자여,
감히 사랑을 의심하지 마라

그리하여 그대가
그대의 허전한 삶을 의지하고픈
그런 사람을 만났을 때
등불 같은 그리움으로
그대의 사랑을 비추어라

하지만, 영혼을 떼어주되
그대의 인생까지는
떠맡기지 마라

우리 서로 사랑하지 않아도

우리 서로 굳이 사랑하지 않아도
늘 그만큼의 거리로서
서로를 바라볼 수 있는 사람이 되자

서로를 마주하는 일이
너무 무겁지 않게
서로를 생각하는 일이
또한 가볍지 않게
그냥 편안한 눈웃음으로
서로에 가슴을 이야기하자
그 따뜻한 가슴만으로
서로에 인생을 이야기하자

우리 서로 굳이 사랑하지 않아도
늘 그만큼의 거리로서
서로를 바라볼 수 있는 사람이 되자
때로는 가슴 아픈 헤어짐이 있을지라도
헤어짐의 쓸쓸함보다
만남의 따뜻함을 기억하는
사람이 되자

151

친구란 그런 거죠
우리가 그냥 친구라고
말하는 사람은 많고 많지만
가슴이 편안한 친구,
그 웃음소리가 반가운 친구
그런 작고도 따뜻한 수식어가
붙을 수 있는 친구란
그리 많지 않은 거죠

친구

내가 배고플 때면
'꼬르륵' 하고
대신 소리 내주던 친구
하지만 나보다 많이 먹어도
내가 더 배부른 친구

내가 하품을 하면
금새라도 그 하품에
전염돼 버리던 친구
하지만 내가 졸립다 말하면
슬쩍 내게로
따뜻한 어깨를 내밀던 친구

가끔은 어지럽지 않을 만큼
날 비행기 태우던 친구
하지만 때때로 아프지 않을 만큼
날 꼬집어주던 친구

쐬주 한 병에 쥐포 두 마리
그 초라했던 술자리를
함께하던 친구
하지만 재미도 없는 내 얘기에
금새 취해버리던 친구

윤동주님의
'별 헤는 밤'을 중얼거리면
밤중에 웬 청승이냐고 말하던 친구
하지만 그의 눈 속에
더 많은 별들을 간직한 친구

배로는 한없이 서툴고
어리숙하게만 보이는 사랑이,
그 안에 더 많은 것을 담고 있습니다

155

우리가 처음 사랑을 시작했을 때
그는 노래했습니다.
"저 별은 나의 별, 저 별은 너의 별.."

그리고 그 사랑에 익숙해질 무렵
그는 다시 노래했습니다.
"저 별은 나의 별, 저 별도 나의 별.."

하지만, 지금 곁에 있는 그는
노래 대신 고함칩니다.
"별이 뭐 우쨌는데..."

총알택시

너에게
미치도록 보고픈 사람
하나 있거든
미친 척하고
총알택시 한번 타 보라

그리하면 알게 될 것이다
제 아무리 총알택시 빠르다 해도
진짜 총알만큼
빨리 달리진 못한단 것을...
헐떡이는 네 그리움만큼
빨리 달릴 순 없다는 것을...

우정을 넘어선 사랑이란
언제듯 위태롭다
함부로 고백할 수도
그렇다고 마냥 침묵할 수도 없는
마음의 갈피이기에

모순

곁을 허락지 않아도
넌 이미 내 안에 사람
난 눈물조차 아끼려
자꾸만 미소 짓는 슬픔을 본다

너의 등 뒤에
그 뒷모습 하나 가질 수 없는 사람으로
나는 널 떠나지 못하는데
가슴 속 희망의 물결을 출렁이다
손끝의 바다로 달아나는 너

나에 대하여,
너에 대하여,
넌 가끔 생각을 하지만
난 언제나 사랑을 한다

전화여, 너는 알고 있다
떨리는 손끝에 걸린
내 그리움의 암호를

하지만 어찌하랴
흔들리는 기다림으로도
함부로 너를 찍지 못하는
이 가엾은 맘을

전화여, 너는 알고 있다
너만은 알고 있다
너 지금 울지 않으면
내 가슴이 먼저
울어버리란 것을

패러디의 슬픔

너의 무엇이 될 수 있다면
난 너의 사랑을 패러디 할래

네가 사랑할 수 있는
누군가처럼
네 가슴이 사랑하고 싶다던
그 누군가처럼

하지만 나 언제쯤
너의 진짜 사랑이 될 수 있을까

사랑 따윈 믿지 않는다, 넌 말했다
그래도 사람들은 그 사랑에
눈물을 걸고, 청춘을 걸고
때로는 목숨까지 건다고 난 말했다

난 어떤 사랑으로 널 사랑했을까?
넌 어떤 사랑으로 날 사랑하지 않았을까?

언젠가 사랑을 믿지 않던 네가
그 사랑에 너를 던지고,
사랑을 믿어 의심치 않던 나 또한
그 사랑을 저버릴지 모르겠지만

네가 나를
사랑하지 않는 오늘...
내가 외로운 것이냐
아니면, 네가 외로운 것이냐

눈물별

너를 사랑하고도
나는 서성인다
햇살처럼 눈부시게
다가서지 못하고
별처럼만 깜박이며
너의 창을 서성인다
서성이다 서성이다
한밤을 지새우고
서성이다 서성이다
눈물 하나 깜박여도
난 사랑한다 한마디
끝끝내 하지 못하고
잠든 너의 모습, 너의 창으로
속삭이듯 그렇게
눈물을 내린다
눈물처럼 하아얗게
아픈 별빛을 내린다

8025

사랑했지만
온전히 사랑하진 못했습니다

오래전, 아주 오랜 날들을
당신을 사랑하며 살아왔습니다
수줍은 소녀에서
어엿한 숙녀로 자라난 세월 겹겹이
난 당신을 사랑해야 했고
그 사랑만큼 쓸쓸해야만 했습니다

사랑했지만
온전히 사랑하진 못했습니다

때로는 소금 같은 달빛으로
당신 창가에 밤을 새우던
길고 긴 겨울밤이 있었습니다
때로는 당신과 마주칠 우연을 위해
저녁 내내 필연을 연습하던
길고 긴 골목길이 있었습니다

사랑했지만
온전히 사랑하진 못했습니다

한때는 당신에 대한 나의 사랑을
의심한 적이 있었습니다
내 안에서 불을 키우던
뜨거운 청춘의 한낮에서
난 당신에 대한 나의 사랑을
감히 의심해보기도 했었습니다
그렇게 온전히 사랑하지 못한 채
당신을 외롭게 한 때가 있었습니다

사랑했지만
온전히 사랑하진 못했습니다

길고 긴 방황, 어느 계절의 끝에
난 당신을 찾아야 했습니다
지난날 부끄러운 나를 지우기 위해서라도
난 당신을 찾아야만 했었습니다
하지만,
당신은 이미 남의 사람...
사랑한다는 말은 서둘러 감추고
그렇게 사랑했다고만 말해야 했었습니다

사랑했지만
온전히 사랑하진 못했습니다

내일이면, 그렇게 내일이면
나를 떠나는 당신...
어쩌면 이미 오래전
나를 떠나버린 당신이지만
이제서야 내 가슴이
보내야 하는 것인지도 모르겠습니다

사랑했지만
온전히 사랑하진 못했습니다

당신이 있어 행복했던
나의 사랑을 기억하겠습니다
당신이 내게 준
눈물 따윈 지워버리고
당신이 나의 온 생애에 가져다 준
푸르른 축복만 기억하겠습니다
어느 하늘, 어느 바람결에
당신 또한 나를 기억하신다면
나의 사랑 헛되지 않았노라
신께도 함부로 말해 보겠습니다